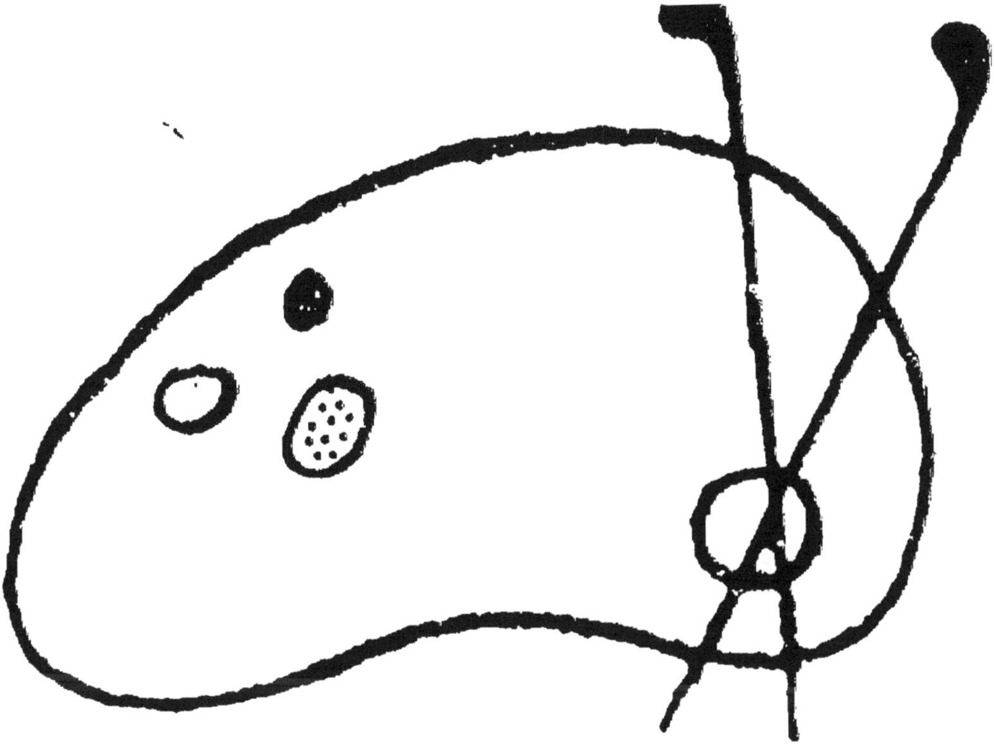

# UN PASTEL
# DU ROI LOUIS XIII

PAR

L'AUTEUR DES NEIGES D'ANTAN

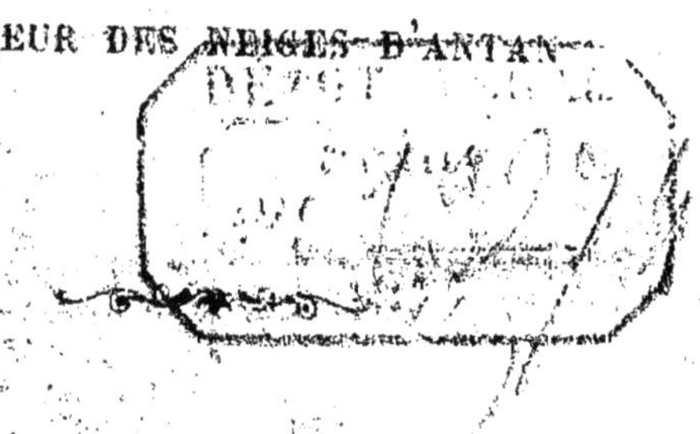

PARIS
IMPRIMERIE DE CH. NOBLET
13, RUE CUJAS, 13

1877

PARIS. IMPRIMERIE DE CH. NOBLET
13, rue Cujas. — 5707

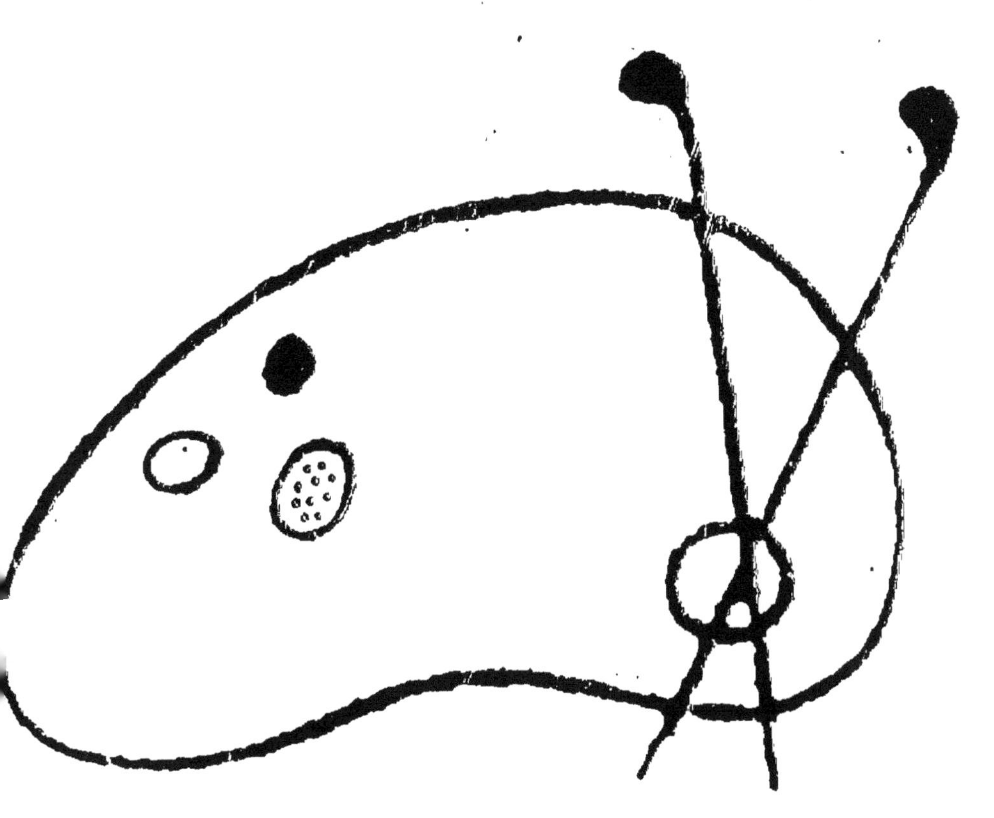

Fin d'une série de documents
en couleur

UN PASTEL

DU ROI LOUIS XIII

# UN PASTEL
# DU ROI LOUIS XIII

PAR

L'AUTEUR DES NEIGES D'ANTAN

PARIS
IMPRIMERIE DE CH. NOBLET
13, RUE CUJAS, 13

1877

A M. et Madame CHARLES QUESTEL

# I

## LA FÊTE DE SIMON VOUET

Au matin de la fête des saints Jude et Simon, apôtres, le 28 octobre 1640, le soleil se leva dans un de ces légers brouillards qui, à l'automne, annoncent un beau jour. Simon Vouët, premier peintre du roi, ouvrant la fenêtre de la chambre qu'il habitait dans l'attique du Louvre, regarda le ciel et les girouettes, et s'écria gaiement :

— Il fait le plus beau temps du monde, ma chère femme ! Ce sera plaisir que d'aller dîner en forêt.

— Je vous l'avais bien prédit, répliqua

madame Vouët en attachant ses coiffes, vous ne voulez jamais me croire. Heureusement, j'ai fait tout apprêter. Dépêchons-nous d'aller à la messe. J'entends sonner le premier coup. Nous trouverons nos enfants et vos élèves à l'église. Le déjeuner sera prêt à sept heures et demie, et le carabas viendra nous prendre à huit heures précises. Partons.

Le peintre et sa femme, se donnant le bras, descendirent de l'étage supérieur du Louvre avec l'allure encore vive mais prudente qui convenait à leur âge déjà mûr, et se rendirent à l'église de Saint-Germain l'Auxerrois, paroisse du Louvre. Ils prirent place devant l'autel de la Sainte-Vierge, et bientôt leurs deux filles, leurs gendres les graveurs Thorigny et Testebat, Aubin Vouët, frère de Simon, et ses élèves Lebrun, Lesueur, François Perrier, Pierre Mignard, Chaperon, Poërson, Louis Testelin, Alphonse du Fresnoy, et quelques autres dont l'histoire n'a pas conservé les noms, vinrent se ranger autour d'eux. Une mignonne petite fille de cinq ans, Simonne Thorigny, avait accompagné sa mère. Elle ne tarda pas à lui échapper, et se glissant entre son grand-père et sa bonne maman, vint s'installer sur le prie-Dieu de Vouët et feuilleter son livre. Madame Vouët essaya de la congédier, mais Simonne, une fois arrivée au côté de son bon papa, était complétement maîtresse de ses actions. Elle se conduisit, du reste, fort bien, et ses grâces naïves, sa tête bouclée, et la gentille façon dont elle regardait toute chose, donnèrent bien des distractions aux assistants. Néanmoins la messe fut dévotement entendue, et toute la compagnie, escortant Vouët et sa femme, les reconduisit au Louvre. On lui avait souhaité sa fête la veille : un magnifique bouquet ornait la table du peintre, et des gâteaux tout chauds, des fruits et des confitures furent offerts aux invités. Le thé, le café et le chocolat n'étant pas encore adoptés en France à cette époque, on servit du vin blanc de Touraine, de l'hypocras et quelques liqueurs de ménage, que madame Vouët et ses belles-filles excellaient à préparer: on but joyeusement à la santé du patron, et Simonne, élevant le petit verre où on avait versé pour elle trois gouttes de vin dans beaucoup d'eau, s'écria :

— Bon papa, puisque c'est votre fête, c'est aussi la mienne, et je veux aller à Saint-Germain avec tout le monde.

— Tu y viendras, ma petite Simonne, dit Vouët : c'est de toute justice.

— Quelle folie! s'écria madame Vouët : cette petite s'enrhumera. C'est trop loin pour les enfants, mademoiselle; il y a des loups dans la forêt de Saint-Germain!

Au mot de loup, Simonne hésita ; mais, levant les yeux vers Eustache Lesueur qui était son grand ami, elle le vit sourire, et s'écria :

— Eh bien! s'il y a des loups, Eustache les tuera.

— Oui, oui, s'écrièrent tous les élèves,

nous tuerons les loups; il faut emmener Simonne!

— Voici la voiture, dit un valet.

Toute la compagnie se hâta de descendre.

Au guichet du quai un de ces grands chars à bancs d'osier, que l'on appelait alors des carabas, attelé de quatre chevaux, attendait la famille de Simon Vouët. Déjà son active ménagère faisait empiler dans les coffres force pâtés, flacons, fruits et jambons. Elle avait aussi fait descendre des manteaux et des couvertures, en prévision de la fraîcheur du soir. Le carabas était recouvert d'une légère tendine, muni de rideaux de cuir, d'un bon sac d'avoine et d'un panier de vaisselle. Tout étant bien ajusté, prévu et ordonné à merveille. Simonne triomphante s'installa sur les genoux de son bon papa, madame Vouët fit l'appel des invités, la revue des bagages, et, voyant tout au complet, donna le signal du départ. Le cocher toucha ses chevaux, et, salué par les acclamations des galopins qui faisaient l'école buissonnière sur le quai du Louvre, le carabas partit au grand tro .

Ce fut un joyeux voyage. Les peintres sont gens de belle humeur. Leur état les obligeant à rechercher le beau côté des choses, ils voient ce monde sous un aspect inconnu à ceux qui tourmentent la matière ou vivent des misères de l'humanité. Les joies infinies que donne aux artistes le privilége qu'ils ont de créer, de transfigurer, de fixer l'objet entrevu dans leurs rêves, cette incessante poursuite de l'idéal, — la plus charmante des chasses : le gibier n'y manque jamais, — tout cela fait vivre un peintre tout autrement que les simples mortels. Une ombre, une lueur, l'iris d'une goutte d'eau, la nuance fugitive qui effleure le front d'un enfant, le plus léger reflet de la beauté du monde invisible dont c.lui-ci n'est que le voile, rien n'échappe à l'œil du peintre, rien ne passe sans lui envoyer sa parcelle de lumière, d'or et d'harmonie. — Et les réalistes? me dites-vous. — Et ceux qui cherchent le laid, l'impur, l'horrible? — Ceux-là doivent être tristes. Fuyons-les. — Dans l'école de Vouët, il n'y en avait pas. Vouët avait passé quinze ans à Rome, il était prince de l'Académie de Saint-Luc, et il eût rembarré de la belle façon quiconque lui eût montré des magots. Les vierges, les enfants que représentait son facile et gracieux pinceau, s'ils n'atteignaient pas l'élégante beauté des peintures italiennes, du moins consacraient des types aimables et nobles, dignes d'orner les temples et les palais. Et sa première femme, cette Virginia del Vezzo qu'il avait épousée à Rome, peintre elle-même, et d'une beauté charmante, avait été l'inspiratrice de ses plus belles œuvres.

Tout en chantant, en causant et en mangeant des chasselas de Fontainebleau, les voyageurs passèrent le pont de Neuilly, Nanterre, traversèrent la Seine dans le bac de Chatou, et arrivèrent un peu avant midi sous les chênes géants de la forêt du Vésinet, appelée alors la forêt d'Echauffour. Madame Vouët avait décidé que l'on y dînerait près du carrefour de la Trahison. C'était à cet endroit de la forêt, disaient les légendes, que Ganelon et ses complices avaient juré de trahir Roland, et qu'au retour de la guerre d'Espagne l'empereur Charlemagne avait fait brûler vifs les fauteurs de la mort de Roland. Certes, ce n'étaient pas là de bonnes raisons pour dîner en cet endroit maudit, et Eustache Lesueur en fit timidement l'observation.

— Ta, ta, ta, ta, dit madame Vouët; vous n'y entendez rien, mon petit monsieur. Ce sont de vieilles histoires; on peut fort bien aller en paradis sans en croire un seul mot, et quand on dîne à la campagne, l'essentiel est de boire frais. Venez voir ce qu'il y a de ce côté.

Et, l'emmenant à quelques pas de la route, elle lui fit voir une belle source froide et cristalline, où se miraient les vieux chênes et les pentes moussues d'une petite clairière.

— Mettez-moi là rafraîchir nos bouteilles, dit la bonne dame; étendons une nappe sur cette mousse, et nous dînerons comme des rois. Et qu'est-ce que cela fera au traître Ganelon, à Roland et aux autres, je vous le demande ?

Toute la compagnie donna raison à madame Vouët. Ses filles, aidées par leurs maris et les jeunes peintres, déballèrent les provisions et les étalèrent sur une belle nappe. Lebrun, toujours fastueux, disposa une tente au-dessus des chefs de la famille, et couronna Simonne d'une guirlande de fleurs. Joyeuse, la petite ne pensait plus aux loups. C'était la première fois de sa vie qu'elle voyait une forêt. Tout l'émerveillait : elle jasait, gaie comme l'alouette, et fut proclamée reine de la fête. Pendant deux heures on festina : les chênes avaient encore toutes leurs feuilles ; les autres arbres commençaient à perdre les leurs, mais étaient parés des teintes de l'automne, si belles, si variées dans les forêts de France. De temps en temps, un daim furtif, une biche suivie de son faon à l'allure incertaine et légère, venaient, de loin, regarder les convives. Du Fresnoy prit son flageolet, et d'une ariette champêtre stimula si bien les petits oiseaux, qu'ils se mirent à chanter, croyant le printemps revenu.

On était si bien là qu'on y eût volontiers attendu le coucher du soleil ; mais Simon Vouët ayant rappelé à ses élèves qu'il devait leur faire visiter le château de Saint-Germain et que la nuit venait de bonne heure en cette saison, les convives remontèrent en voiture. Madame Vouët distribua les provisions qui restaient à de pauvres bûcherons ; elle regarda soigneusement si on n'avait rien oublié sur l'herbe, et prit place à côté de son mari. Le cocher, qui avait dîné comme quatre, assura que ses chevaux feraient dix lieues si on voulait, tant ils avaient mangé d'avoine ; et, comme pour lui faire plaisir, ces honnêtes chevaux traversèrent au galop le pont du Pecq et montèrent lestement la côte de Saint-Germain.

## II

### L'ATELIER DU ROI

Louis XIII était alors à Fontainebleau ou il chassait. La Reine faisait une retraite au Val-de-Grâce pour se préparer aux fêtes de la Toussaint, et les enfants de France étaient restés au château neuf de Saint-Germain, sous la garde de leur gouvernante, madame la maréchale de La Motte-Houdancourt. — Le vieux château, presque entièrement démeublé, ne servait d'habitation qu'à des gens de service. Sa chapelle venait d'être décorée par Aubin Vouët de peintures murales. La *Cène*, de Nicolas Poussin, tableau favori de Louis XIII, ornait le rétable du maître-autel, et les splendides dorures de la tribune royale et des nervures de la voûte, rajeunissaient l'édifice construit sous le règne de saint Louis.

Après avoir visité la chapelle, madame Vouët dit à son mari qu'elle ne se souciait pas de parcourir le château.

— Je l'ai vu plus d'une fois, dit-elle, et vos filles aussi. Ces escaliers me fatiguent; Simonne s'ennuierait là dedans. Si vous le voulez bien, nous irons vous attendre au château neuf. Je ferai une visite à ma cousine Ancelin, nourrice du Dauphin, et à madame de Vernon. Elles nous feront voir les petits princes et les atours de la reine.

— Oh! s'il y a des atours dans l'affaire, dit Vouët, pour sûr mes filles s'amuseront. Allez-y, ma chère amie, mais tenez-vous prête à partir avant la nuit... Nous vous rejoindrons au jardin de la Reine. Au revoir!

On se sépara. Conduits par Simon et Aubin Vouët, les peintres parcoururent les grands appartements de François Ier, les tours, et, montant sur les terrasses supérieures, admirèrent le magnifique aspect du pays environnant. Vouët leur proposa alors de rentrer dans le donjon de Charles V.

— Je veux, leur dit il, vous montrer un sanctuaire dont le Roi et moi nous avons seuls la clef. Sa Majesté désire que l'on ne parle pas de ce qu'il contient. Je crois, messieurs, que je puis me fier à votre discrétion.

Tous promirent de ne rien raconter de ce qu'ils verraient, et, fort intrigués, suivirent Vouët. Presque en haut de l'escalier du donjon il ouvrit une petite porte de chêne à pentures ouvragées, et entra le premier dans une pièce voûtée, éclairée par une fenêtre au nord. Un fauteuil, recouvert d'une étoffe fleurdelisée, quelques pliants pareils, une table massive, un bahut de chêne sculpté, et un petit orgue d'un travail précieux, formaient, avec quelques chevalets et deux pupitres à musique, l'ameublement de cette salle fraîche et sonore comme une église. Sur un chevalet drapé d'un tapis de velours bleu était posé un portrait au pastel qu'entourait un cadre d'ébène incrusté de nacre et de lapis-lazuli, du temps de Henri II. C'était une figure d'une idéale beauté, une très-jeune fille blonde, aux yeux limpides et purs comme ceux d'un petit enfant. Elle tenait une colombe, et jamais plus suave apparition n'avait personnifié la pureté, l'innocence et le sourire.

Tous les peintres s'exclamèrent :

— Qui a fait cela, cher maître ? Quelle est cette tête d'ange?

— C'est un portrait, dit Vouët, un portrait ressemblant, et c'est un de mes élèves qui le peignit l'année dernière.

Ils se regardèrent tous, et les yeux du plus grand nombre interrogèrent Eustache Lesueur. Il fit un signe négatif, et, s'approchant, chercha la signature. Il n'y en avait pas.

— Devinez ? dit Simon Vouët.

— A cause de certaines timidités et de certaines grâces, dit Mignard, j'attribuerais volontiers ce pastel à une femme. Il me semble qu'une main accoutumée à tourner le fuseau a pu seule peindre si délicatement ces dentelles, ces boucles blondes...

Vouët sourit.

— Vous n'y êtes pas, dit-il; la main qui a peint ceci est celle d'un fier chasseur, d'un grand capitaine, et, grâce à Dieu, le royaume de France n'est pas tombé en quenouille. Cette peinture est de notre seigneur et maître le Roi très-chrétien.

Des exclamations d'étonnement accueillirent cette déclaration.

— Jamais je ne l'aurais deviné, dit Lebrun; mais quelle est cette personne si belle, si jeune, cette blonde déesse?—Votre *Aurore*, peinte à l'hôtel Bullion, lui ressemble fort, cher maître.

— Son nom importe peu, messieurs, et sa qualité commande la discrétion. Contentez-vous de voir et d'admirer.

—Vous avez retouché ce portrait, avouez-le ! dit tout bas Aubin Vouët à son frère.

—Je l'avouerais sans hésiter, si cela était vrai, dit Simon Vouët ; mais cela n'est pas. Le Roi est aussi bon peintre qu'excellent musicien.

— Que Louis XIII est heureux ! s'écria Lesueur.

—Heureux ! reprit Vouët ; plût à Dieu qu'il le fût ! Mais une tristesse mortelle le ronge. Je ne l'ai jamais vu sourire, même à ses enfants, si beaux pourtant, si longtemps souhaités, et qu'il aime de toute son âme.

— Quelle est cette peinture? demanda Alphonse du Fresnoy en désignant un tableau à moitié recouvert d'un voile; puis-je la regarder?

Vouët enleva la draperie et découvrit une Vierge qu'il avait peinte vingt ans auparavant, d'après Virginia del Vezzo. Ses élèves la reconnurent : il avait tant de fois reproduit les traits de sa première femme!

A l'aspect de cette beauté romaine, si sérieuse et si noble, les yeux du vieux peintre se mouillèrent de larmes.

— Le Roi veut copier cette Vierge, dit-il, mais il n'en a pas eu le temps cet été, et désire la garder encore quelque temps ici. Autrefois il se plaisait à voir peindre ma femme.

— Qu'elle était belle ! dit Lebrun.

— Son âme était encore plus belle que son visage, reprit Vouët. Mais le jour s'avance, messieurs. Il est temps d'aller rejoindre madame Vouët si nous voulons rentrer en ville avant la nuit.

En traversant la grande pelouse, les peintres aperçurent de loin la prudente madame Vouët qui venait à leur rencontre, avec ses belles-filles et la petite Simonne chargée de reines-marguerites.

— Il se fait tard, messieurs, dit la bonne dame ; et si je vous laisse entrer dans les jardins de la Reine, vous n'en voudrez plus sortir, tant ils sont beaux. Je vous connais !

Et comme je ne me soucie pas de courir les bois la nuit, et que la forêt d'Echauffour passe pour être pleine de voleurs, j'ai donné ordre au cocher d'atteler. Il est à la grille royale, sur la place. Partons. Vous visiterez le château neuf une autre fois.

Vouët regarda sa montre.

— C'est vrai, dit-il, nous n'avons que juste le temps de rentrer à Paris avant la nuit close. Allons, mes enfants, en voiture !...

On rebroussa chemin, au grand désappointement de plus d'un convive, amateur de clair de lune, et quelques minutes après le carabas, orné de deux grosses lanternes, reprit le chemin de Paris.

— T'es-tu amusée, ma Simonne ? demanda Vouët à sa petite-fille.

— Ah ! je crois bien ! dit-elle. Pendant que madame de Vernon montrait à grand'-mère, à ma tante et à maman les robes de la Reine, ma cousine Ancelin m'a emmenée et j'ai joué avec le Dauphin. Il m'a prêté ses joujoux et m'a fait voir son petit frère dans un berceau tout en or. Il m'a donné sa main à baiser. Il est bien joli, grand papa, le petit Dauphin ! il parle presque aussi bien que moi. Il a reçu deux belles visites pendant que j'étais là. Madame la maréchale de La Motte-Houdancourt lui a amené le cardinal Mazarin et Mademoiselle de Montpensier. Le cardinal était habillé en soie rouge, et la petite princesse en damas blanc, avec des rubans incarnat et noir, et elle apportait au Dauphin un petit chien tout frisé. Elle a embrassé le Dauphin en l'appelant mon petit mari. Le cardinal l'a grondée en lui disant qu'elle était trop grande pour parler ainsi, mais moi, il ne m'a pas grondée du tout; au contraire, il a dit à ma cousine Ancelin : Quelle est cette jolie enfant ?

— C'est la petite-fille de M. Vouët, premier peintre du roi, a répondu ma cousine.

— Elle a l'air fort raisonnable, a dit le cardinal, elle fait bien la révérence, et elle ne parle pas. C'est le comble de la perfection chez une petite personne de son âge. Tenez, mignonne, voici pour vous.

Et il m'a donné un gros bonbon. J'en ai gardé la moitié pour toi, bon papa, mange-la, je te prie !

— Et Mademoiselle t'a-t-elle parlé ?

— Oh oui ! mais elle n'est pas bonne, celle-là. Elle m'a poussée du coude en me disant : « Ote-toi de là, petite pécore ! » Elle était fâchée, sans doute, parce que le cardinal ne lui avait pas donné de bonbon.

— Allons, allons, vous bavardez trop, fillette, dit madame Vouët : il ne faut pas tutoyer son bon papa, ni faire des jugements téméraires et médire d'une princesse du sang. Le cardinal serait aux regrets de vous avoir complimentée s'il entendait votre caquet. Voici le serein qui tombe : mettez ce manteau, cette cravate, ce capuchon. Et vous, monsieur Vouët, qu'attendez-vous pour endosser votre houppelande ?

Simonne ne tarda pas à s'endormir. Le retour au Louvre s'effectua heureusement, et un joyeux souper termina la fête.

## III

### RÊVES D'ARTISTE

Quelques jours après cette excursion à Saint-Germain en Laye, Eustache Lesueur et Charles Lebrun, par une belle après-dînée de dimanche, allèrent se promener au Luxembourg. Gaston d'Orléans était à Blois, et en son absence les gens bien vêtus avaient permission d'entrer dans les jardins du palais. Ces jardins, à cette époque de l'année, étaient fort défleuris, mais la verdure des gazons, les nombreux jets d'eau et le soleil de la Saint-Martin leur donnaient encore quelques charmes.

Les deux jeunes peintres s'approchèrent du grand bassin, et leurs yeux se fixèrent en même temps sur une jeune fille d'une quinzaine d'années qui donnait la main à son frère, un peu plus jeune qu'elle, et s'amusait à jeter du pain aux cygnes. Le père et la mère de ces deux enfants, bons bourgeois, vêtus fort simplement, étaient à quelques pas de là. La jeune fille était si belle, que Lebrun dit tout bas :

— En vérité, cette enfant ressemble un peu à la blonde Aurore de M. Vouët.

— Elle est cent fois mieux, dit Lesueur, sa tête rappelle le type grec ; et quelle grâce dans ses mouvements, quel air d'innocence et de simplicité !

—Geneviève ! Thomas ! appela leur mère ; venez, enfants, il est l'heure d'aller à Vêpres.

Geneviève s'éloigna, et Lesueur la suivit longtemps des yeux.

— Quelle peut être cette jeune fille ? dit Lebrun : elle a l'air d'une princesse déguisée en petite bourgeoise.

— C'est tout bonnement la fille d'un épicier de la place Maubert, dit Lesueur.

— Rien que cela ! J'en suis fâché. Mais

dites-moi, Lesueur, qui est donc la belle personne dont le Roi a fait le portrait? L'avez-vous demandé à madame Vouët?

— Elle m'aurait tancé de ma curiosité, et voilà tout. J'ai questionné Simonne. La petite futée m'a dit qu'elle avait entendu dire à son bon papa que le portrait de mademoiselle Isabelle avait bien intrigué ses élèves au château de Saint-Germain, et qu'il ne voulait pas leur dire qu'elle était fille de la Reine.

— Fille de la Reine? dit Lebrun: c'est-à-dire fille d'honneur, la Reine n'a pas de fille.

— C'est évident, reprit Lesueur. Quant au nom de famille de cette belle, Simonne n'en sait rien.

— Je veux absolument voir mademoiselle Isabelle, dit Lesueur: comment faire?

— Rien de plus aisé! mon cher ami. La Reine va tous les samedis et veilles de fête au Val-de-Grâce. Elle emmène chaque fois une ou deux de ses filles d'honneur. Elle en a douze. En faisant faction tous les samedis et vigiles mêmement, rue du Faubourg-Saint-Jacques, si les rideaux des carrosses s'entr'ouvrent par bonheur d'ici au printemps, vous pourrez peut-être entrevoir l'Aurore. Je vous souhaite bien du plaisir...

— Je chercherai un moyen plus sûr et plus expéditif, dit Lebrun.

Mais il n'en trouva point, et, le samedi suivant, s'échappant de l'atelier, il alla faire toilette et courut au Val-de-Grâce à l'heure où la Reine avait accoutumé d'y venir.

Les carrosses ne tardèrent pas à arriver, mais, comme il faisait très-froid, les rideaux étaient fermés, et Lebrun ne vit rien.

Le samedi suivant, le dégel et un rayon de soleil avaient fait ouvrir les rideaux, mais la Reine n'était accompagnée que de sa vieille duègne dona Estefania et de quelques dames fort brunes.

Enfin, le troisième samedi, le peintre fut plus heureux. Au moment où le premier carrosse, celui de la Reine, atteignait la porte du couvent, un cheval du second carrosse, s'effrayant d'un paquet de linge que portait un blanchisseur, se mit à se cabrer et à ruer. Les dames eurent peur, et l'une d'elles, se penchant à la portière, laissa voir à Lebrun, sous une écharpe de dentelle de Flandre, la blonde chevelure et les traits charmants de l'Aurore.

Lebrun, s'élançant à la tête du cheval, le prit aux naseaux et le maîtrisa. Il fut récompensé par un regard approbateur de la belle Aurore. Puis les carrosses entrèrent, la porte se referma et le peintre fut bien tenté de rester à guetter la sortie de la reine; mais il pleuvait : Lebrun avait son chapeau neuf et son plus beau manteau, et il jugea prudent de chercher un abri.

A peu de distance il avisa une boutique peinte en bleu de ciel, pavoisée de plats à barbe et ornée d'une belle enseigne représentant une comète. Y entrer, s'asseoir et lier conversation en se faisant accommoder les cheveux, ce fut pour Lebrun l'affaire d'une minute.

En ce temps-là, heureux temps! il n'y avait pas de journaux. Les bonnes langues en tenaient lieu. Aussi, comme on causait, comme on bavardait, comme on avait de l'esprit! Les perruquiers, surtout, étaient de vraies gazettes. J'ai toujours pensé que ce mot venait de *gazza* (1), ai-je tort ? Toujours est-il que le barbier de la Comète était babillard comme trois pies borgnes; il voyait si souvent passer la reine qu'il se considérait comme étant de la Cour. Aussi n'attendit-il pas que Lebrun le questionnât.

— Vraiment, monsieur, lui dit-il, vous vous êtes trouvé là on ne peut plus à propos. Ce cheval cabré aurait pu causer des malheurs. Monsieur désire-t-il que je le frise à la Buckingham ou à l'Espagnole?

— Frisez-moi comme il vous plaira, dit Lebrun. Qui était avec la Reine aujourd'hui?

— Madame de Vendôme, monsieur, ma-

(1) Pie.

dame de Vernon et la blonde, la jolie mademoiselle Isabelle Le Roy de Belin : une demoiselle flamande, monsieur ; une merveille de beauté. La Reine l'aime beaucoup. Elle est fille d'honneur de Sa Majesté depuis son enfance. On dit qu'elle a refusé quantité de beaux mariages. Les uns assurent qu'elle se fera religieuse, les autres qu'elle n'épousera qu'un prince. En attendant, elle chante, elle danse, c'est la personne la plus gaie de la cour.

— Est-elle fort riche ? demanda Lebrun.

— Oh non, monsieur, elle est de bonne famille, mais l'aînée de neuf enfants. Monsieur aime-t-il la pommade à la tubéreuse ou à l'œillet ?

— Va pour l'œillet ; mais n'en mettez guère. Comment donc connaissez-vous si bien ces détails, mon brave ?

— Monsieur, je ne suis établi au faubourg Saint-Jacques que depuis six mois. J'ai fait mes études chez le perruquier le plus en vogue du quartier du Louvre, et, bien souvent, j'accompagnais mon patron et lui tenais les épingles pendant qu'il coiffait les dames de la Cour. Plus d'une fois je l'ai vu comme je vous vois, arrangeant les beaux cheveux de mademoiselle Isabelle. C'était aisé. Ils frisent tout seuls, et ils sont d'un blond, d'une finesse, d'une souplesse ! Ah ! quels cheveux, monsieur ! quels cheveux !

— La Reine reste-t-elle longtemps au Val-de-Grâce, le samedi ?

— Plus ou moins, monsieur, mais aujourd'hui elle y restera certainement fort tard, car je viens de voir ses laquais entrer au cabaret. Cela prouve qu'on a dételé.

La pluie avait cessé. Lebrun paya généreusement l'éloquent perruquier, et se hâta de retourner au Louvre. Il avait quitté sa besogne sans prévenir Vouët, et s'attendait à être réprimandé. Cela ne manqua pas d'arriver : depuis l'âge de onze ans Lebrun travaillait dans l'atelier de Vouët, et son maître avait conservé l'habitude de le traiter en petit garçon.

— Charlot, lui dit-il à demi-voix, il me semble que vous devenez bien musard et galopin depuis quelque temps. Samedi dernier déjà vous vous êtes esquivé au plus beau moment du jour. Vous rentrez à l'heure où on n'y voit quasi plus clair. C'est d'un mauvais exemple, et je désire que vous cessiez de tels déportements.

— Monsieur, dit Lebrun, j'avais quelqu'un à voir au faubourg Saint-Jacques, mais je vous promets que cela ne m'arrivera plus.

Et reprenant sa palette, il se mit avec ardeur à ébaucher une grande toile que Vouët devait retoucher et signer. La nuit vint de bonne heure, et les autres élèves s'en allèrent. Lebrun resta le dernier, rangeant avec soin ses pinceaux. Vouët s'était approché du feu et se chauffait. Lebrun vint s'asseoir près de lui, et, enhardi par l'obscurité, essaya d'entamer le sujet qui le préoccupait.

— Monsieur, dit-il, à quel âge vous êtes-vous marié?

— A vingt-deux ans, dit Vouët; pourquoi me demandez-vous cela, Charlot ?

— C'est que, dit Lebrun, j'en ai vingt et un et demi.

— Hé bien, après ?

— Je voudrais me marier, monsieur.

— Ah vraiment ! c'est un peu trop tôt, Charlot ; cependant...

Il s'arrêta.

— Cependant ? reprit Lebrun, qu'alliez-vous dire, monsieur ?

— J'allais dire, mon ami, que, si vous trouviez un très-bon parti, et que ce fût l'avis de vos parents, il vaudrait mieux vous marier jeune que de faire des folies. Mais, là, voyons, est-ce votre cas?

— A peu près, dit Lebrun : j'ai fait choix d'une très-aimable personne, je suis passionné d'elle, et si j'en crois ses yeux, je ne lui déplais point. Elle est de la Cour, fort protégée de la Reine, et sera dotée par Sa Majesté.

— Peste, dit Vouët : voilà qui est fort

bien. Et peut-on savoir le nom de cette divinité ?

— Oh! vous la connaissez, monsieur, c'est votre Aurore, c'est mademoiselle Isabelle Le Roy de Belin.

— Ventre-saint-gris ! s'écria Vouët en éclatant de rire : rien que cela ! Oh ! Charlot, mon ami Charlot ! vous êtes impayable !

Et il pouffa de rire pendant quelques instants, tandis que Lebrun, fort vexé, prenait les pincettes et tisonnait le feu à tort et à travers.

Enfin, ce rire homérique s'arrêta, et Vouët reprit :

— Mon petit Charlot, vous feriez peut-être mieux d'attendre que S. A. R. Mademoiselle de Montpensier eût quinze ans. Vous iriez alors la demander à Monsieur, cela ne serait guère plus drôle que de penser à mademoiselle de Belin.

Et il se remit à rire.

— En vérité, monsieur, dit Lebrun, je ne

vois pas ce qu'il y a de si étrange dans mon projet. Je suis gentilhomme, monsieur, mes ancêtres étaient de nobles écossais, j'ai du bien et quelque talent, et j'espère arriver à la richesse et aux honneurs.

— Je l'espère bien aussi pour vous, Charlot, dit Vouët, mais vous n'y êtes pas encore, et mademoiselle de Belin, fille d'honneur de la Reine, nièce de l'évêque de Lisieux, et l'une des plus belles personnes de la Cour, a déjà refusé plus de marquis, de comtes et de barons que vous n'avez de poils à votre moustache.

Vouët avait touché l'endroit sensible, en parlant moustaches.

Lebrun devint cramoisi, et le respect que lui inspirait son maître l'empêcha seul d'éclater. Il balbutia quelques mots sans suite, prit son chapeau et sortit. Il ne dormit pas de la nuit, et, le lendemain étant un dimanche, au lieu de s'aller promener avec ses camarades, il se rendit à l'hôtel Séguier. Le chancelier aimait beaucoup Charles Lebrun.

C'était lui qui, le premier, avait deviné les merveilleuses aptitudes du jeune garçon et l'avait fait admettre à l'âge de onze ans dans l'atelier de Vouët. Il le reçut avec bonté, et lui dit :

— J'allais tout justement vous faire mander, mon enfant. J'ai un petit travail que je désire vous confier, et, de plus, une très-bonne nouvelle à vous annoncer. Hier soir, les membres de l'académie de Saint-Luc ont décidé qu'ils vous admettraient parmi eux, tout jeune que vous êtes. Bientôt je vous enverrai à Rome : votre avenir est assuré.

Lebrun, transporté de joie, remercia le chancelier, et, comme un jeune fou qu'il était, lui parla de ses projets de mariage. Le grave chancelier l'écouta patiemment, mais ne fut guère moins impitoyable pour ses rêveries que ne l'avait été Simon Vouët. En vain Lebrun lui assura-t-il qu'il se sentait capable de devenir un très-grand peintre, en vain lui rappela-t-il qu'un artiste était quelque chose de plus qu'un gentilhomme, en lui citant le mot de Charles-Quint : Je puis faire des grands d'Espagne, Dieu seul peut faire un grand artiste.

Le chancelier lui dit :

— Tout cela est fort charmant, mon petit ami, mais quand vous serez riche et célèbre, vous aurez la barbe grise, et mademoiselle Isabelle sera grand'mère. Elle va se marier au premier jour. Oubliez cette folie, et préparez-vous à aller à Rome courtiser la gloire.

Lebrun convint que le chancelier avait raison, et s'en alla fort résolu à ne plus songer à l'Aurore, mais

La raison sans cesse raisonne
Et jamais n'a guéri personne;
Et le dépit, le plus souvent,
Rend plus amoureux que devant.

Si bien qu'il eut beaucoup de distractions en travaillant et mécontenta plus d'une fois son maître. Sous prétexte d'aller chez le chancelier, il guetta tous les samedis les carrosses de la Reine, rue Saint-Jacques, et alla même à la messe du Roi, à Saint-Germain, dès que les beaux jours du printemps le lui permirent. Il apercevait quelquefois l'Aurore, et ces fugitifs bonheurs, ces courtes apparitions, entretenaient « cette passion ridicule et bizarre », qui vit et meurt d'un rien, qu'un regard met au monde, et qu'un souffle rejette au néant.

## IV

### HUMBLES PROJETS

L'année suivante, Vouët tomba malade. Sa femme et ses enfants le soignèrent avec grande affection, et ses élèves réclamèrent l'honneur de le veiller tour à tour pendant les six mois que dura sa maladie. Simonne, elle-même, demandait sans cesse à tenir compagnie à son grand-père. — Il ne dormait presque pas, et aimait à entendre lire et causer près de lui. Eustache Lesueur était, de tous ses élèves, celui dont la voix lui agréait le plus. Nul mieux que cet excellent jeune homme ne savait distraire et consoler doucement le malade. De même que Lebrun et Vouët, Eustache Lesueur était Parisien, et il faut bien convenir que la bienveillance, la générosité, la vivacité d'impressions, l'humeur gaie et causeuse des Parisiens rendent ce peuple mobile, aimable entre tous. Il y a deux cents ans, d'ailleurs, que ces choses se passaient dans la bonne ville de Paris. Elle s'est bien gâtée depuis, dit-on. Cependant tous les quêteurs y viennent encore chercher l'aumône; tous les ennuyés, le plaisir; tous les savants et les artistes, l'inspiration. Malgré tout, c'est encore la bonne ville de Paris, en dépit des représentants des provinces et des émeutiers qui s'y donnent rendez-vous depuis 89, et ont essayé en vain d'anéantir ses traditions d'hospitalité, de belle humeur et d'inépuisable charité.

Vouët se mourait donc au Louvre, déclinant doucement vers la tombe après une vie paisible et honorée. Lesueur lui parlait d'avenir, ne pouvant croire que ce maître bien-aimé lui fût enlevée sitôt.

— Maître, lui dit-il un soir, j'espère me marier l'année prochaine : vous serez guéri alors, et nous ferons une joyeuse noce. Mademoiselle Simonne sera demoiselle d'honneur de ma fiancée.

— Qui donc pensez-vous épouser? dit Vouët.

Alors, Eustache Lesueur lui raconta combien il aimait Geneviève Goussé, et que les parents de cette enfant la lui avaient promise, à condition qu'il attendrait qu'elle eût dix-huit ans.

Simon Vouët lui fit quelques questions.

— M'approuvez-vous? demanda Lesueur.

— Mon ami, dit Vouët, il y a six mois, probablement je vous aurais détourné de ce mariage. Selon toute prévision humaine, il vous fermera le chemin de l'Italie et sera un obstacle à ce que vous parveniez à la fortune que votre talent promet de mériter.

Un mariage pauvre, l'alliance d'une famille de petits bourgeois, votre jeunesse et celle de Geneviève, tout cela ne facilitera pas vos succès. Mais qu'est-ce que la gloire et la richesse auprès du bonheur? — Malheur à celui qui est seul, fût-il sur le premier trône du monde. Je le sais : les affections de famille, le dévouement d'une femme aimée, le sourire des petits enfants, sont bien autrement souhaitables que les honneurs mondains, et, seuls, ils consolent nos derniers jours. Douce et pieuse comme vous me dépeignez cette belle Geneviève, elle sera pour vous ce que me fut Virginie, ce que m'est encore ma bonne femme. J'aurai soin dans mon testament d'assurer votre cadeau de noces, mon ami, mais je ne verrai pas le jour de votre mariage. N'oubliez pas de prier pour l'âme de votre vieux maître.

Lesueur le lui promit en pleurant, et peu de temps après Simon Vouët mourut chrétiennement et fut enterré à l'église de Saint-Jean en Grève.

## V

### L'ECCLÉSIASTE

Aux premiers jours de mai 1643, une cérémonie magnifique eut lieu au château de Saint-Germain. Le Dauphin fut baptisé, et la plus belle musique, l'encens, les fleurs, les lumières, la pompe liturgique et les élégances mondaines, remplirent la chapelle de Saint-Louis d'harmonie, de parfums et de splendeurs. Le Roi, mortellement malade, ne put assister au baptême de son fils; la Cour était fort grosse, et saluait déjà la Reine comme prochaine régente. Richelieu n'était plus, le sceptre allait s'échapper des mains mourantes de Louis XIII, et cette reine, si peu régnante jusque-là, comprenait, en voyant l'empressement des courtisans, que son rôle allait devenir tout-puissant. Confondu dans la foule, Lebrun vit le Dauphin au balcon du château jeter des dragées et des pièces de monnaie au peuple. L'enfant royal était radieux de parure et de beauté, mais le peintre ne le regardait point, et parmi les dames de la Reine, rangées sur les balcons, cherchait en vain son Aurore invisible.

Isabelle de Belin était restée au château neuf dans la chambre du roi. Assise sur un coussin, aux pieds de Louis XIII mourant, elle chantait, jouait du luth, lisait ou se taisait tour à tour, selon les caprices du malade.

Louis XIII avait fait porter son fauteuil près de la fenêtre. L'air printanier, tout embaumé des parfums des lilas, caressait son front pâle et les boucles brunes de sa longue chevelure, où des sillons argentés avaient marqué avant l'heure la trace des soucis. Son médecin Séguin et deux ou trois de ses domestiques se tenaient à l'autre bout de la chambre, immobiles et muets.

— Isabelle, dit Louis XIII, êtes-vous allée quelquefois aux offices de la Visitation?

— Oh ! oui, sire, la Reine m'y a menée bien souvent, pour mes péchés.

— Pour vos péchés? Mademoiselle, que voulez-vous dire?

— Hélas ! sire, les religieuses de Sainte-Marie sont toutes saintes et charmantes, mais leur musique m'ennuie à périr. Elle est trop triste et trop plaintive pour mon humeur.

— Chantez comme elles, je vous prie.

Isabelle chanta un *Gloria Patri*, en contrefaisant le ton traînant des Visitandines, mais sa voix était si douce et si mélodieuse qu'elle ne put faire entendre que des notes ravissantes.

— Que c'est beau ! dit le Roi. Vous ne serez pas toujours gaie, mon enfant ; quand vous aurez souffert, vous aimerez le gémissement de colombe des religieuses de Sainte-Marie.

— Peut-être, dit Isabelle. En attendant, j'aime mieux ceci : et elle chanta gaiement un joli air que le roi avait composé jadis sur des paroles de Racan.

Louis XIII sourit faiblement.

— Le connétable de Luynes aimait cette chanson, dit-il ; que de fois je la lui entendis fredonner, un faucon sur le poing, guidant son cheval noir dans les bois de Versailles !... Versailles, Chaillot, je ne vous verrai plus !

— Si fait bien, dit Isabelle. Votre Majesté sera guérie pour la Saint-Louis, c'est chose convenue entre la sainte Vierge et moi. J'ai fait un vœu.

— Ne faites pas de vœux indiscrets, petite, reprit le Roi. Vous n'êtes qu'une enfant.

— Mais non, sire, j'ai vingt ans. Le Roi me croit toujours petite, parce que je suis venue à treize ans à la Cour, mais il y a bien longtemps de cela. Le temps ne m'a point duré.

— Même auprès de moi ? dit Louis XIII. Pauvre Isabelle, c'est pourtant un triste séjour pour une jeune fille comme vous que la chambre d'un malade. Vous devriez être à la chapelle, à regarder ce beau baptême.

— Ah! j'aime bien mieux être ici, dit Isabelle ; et elle chanta :

Vive le roi ! Le roi c'est notre père,
L'élu du ciel, le maître de mon cœur ;
Servir le roi, la France notre mère,
C'est tout un ; c'est tout mon bonheur !

— Follette, dit Louis XIII ; soyez sage. Ce n'est plus temps pour moi d'écouter des chansons. Prenez ce cahier, chantez-moi ce que j'ai écrit là.

Isabelle y jeta les yeux. C'était le *De profundis* mis en musique par Louis XIII lui-même. Elle frémit.

— Oh ! non, dit-elle, je ne saurais. C'est trop bas pour ma voix, et cela me ferait pleurer. Je supplie le Roi de me commander autre chose.

— Savez-vous le latin ? dit Louis XIII.

— Très-peu, sire ; assez pour lire passablement le latin d'église.

— Psalmodiez-moi ceci, dit le Roi en montrant à Isabelle les derniers versets de l'Ecclésiaste : psalmodiez-les-moi sur le ton de la Visitation.

Elle obéit, et sa voix fraîche et pure égrena doucement les perles du texte sacré :

« Souvenez-vous de votre Créateur pendant les jours de votre jeunesse, avant que le temps de l'affliction soit arrivé, et que vous approchiez des années dont vous direz : Ce temps me déplaît.

« Avant que le soleil, la lumière, la lune et les étoiles s'obscurcissent pour vous et que de nouvelles nuées reviennent après la pluie.

« Avant le temps où les gardes de la maison commenceront à trembler, où les hommes les plus forts s'ébranleront, où celles qui avaient accoutumé de moudre seront réduites en petit nombre et deviendront oisives, et où ceux qui regardaient par les trous seront couverts de ténèbres.

« Avant le temps où on ferme les portes de la rue, où la voix de celle qui avait accoutumé de moudre est faible, où on se lève au chant de l'oiseau, et où toutes les filles de l'harmonie se penchent pour écouter.

« Avant le temps où on a peur des lieux élevés, et où on craint dans le chemin le plus uni ; où la tête fleurit comme l'amandier ; où celui qui était léger comme la sauterelle s'appesantit, où l'appétit se perd, après quoi l'homme s'en ira dans la maison de son éternité, et on marchera en pleurant autour des rues pour le conduire au tombeau.

« Avant que la chaîne d'argent soit rompue, que la fiole d'or se casse, que la cruche se brise sur la fontaine et que la roue se rompe sur la citerne.

« Avant que la poussière rentre en la terre d'où elle avait été tirée, et que l'esprit retourne à Dieu qui l'avait donné.

« Vanité des vanités, a dit l'Ecclésiaste, tout est vanité (1). »

— Fermez le livre, dit le Roi. On vient.

(1) Eccl. cap. XII, v. 1 à 8.

## VI

### LE SOLEIL LEVANT

On entendit frapper doucement à la porte. Un page alla ouvrir.

— Sa Majesté la Reine peut-elle entrer? demanda-t-il au Roi.

Louis XIII fit signe que oui.

La porte s'ouvrit à deux battants, et la Reine en grand habit de Cour, belle et parée de perles, entra, suivie de ses dames, et tenant ses enfants par la main. Elle vint s'agenouiller avec eux devant le Roi. Quelques mots froids et cérémonieux furent échangés. Louis XIII tendit sa main aux jeunes princes. Le Dauphin la baisa, mais le petit duc d'Anjou, effrayé de la pâleur de son père, se détourna et courut se cacher dans les jupes de sa gouvernante. Le roi l'aimait plus encore que le Dauphin : il fut attristé de ce mouvement.

— Mon petit Anjou, dit-il tout bas, lui

aussi ne m'aime pas. O ma mère, vous êtes bien vengée !

— Mon fils, demanda-t-il au Dauphin, avez-vous été bien sage à votre baptême ?

— Je le suis toujours, sire.

— Et quel nom vous a-t-on donné ?

— Je m'appelle Louis XIV, dit fièrement l'enfant.

— Pas encore ! mon fils. — Mais bientôt. — Allez. — Je suis fatigué ; je vais essayer de dormir.

La Reine s'éloigna avec toute sa suite ; Isabelle reprit son luth, et le Roi, fermant les yeux, fit semblant de dormir. Mais des larmes coulaient sur ses joues amaigries, et il ne s'assoupit qu'au bout d'une grande heure.

---

« Le Roi est mort, vive le Roi ! »

Ce cri jeté par le capitaine des gardes apprit à la foule qui remplissait les cours et les jardins du château de Saint-Germain, le

14 mai 1643, que le règne de Louis XIII était fini.

Anne d'Autriche fut emmenée de la ruelle du lit où elle priait depuis de longues heures. Elle raconta depuis à madame de Motteville qu'au moment où elle avait vu expirer le Roi, elle avait ressenti une si grande douleur qu'il lui sembla qu'on lui arrachait le cœur. Mais, bientôt après, elle alla saluer Louis XIV, son fils et son roi, et les empressements de la Cour ne lui laissèrent plus aucun loisir. Saint Vincent de Paul, qui avait assisté le Roi, fut appelé près d'un autre mourant. Tout le château était dans une grande confusion. On préparait le départ de la famille royale qui devait s'en aller au Louvre, on expédiait des courriers, tout le peuple des environs accourait pour saluer le jeune Roi et la Reine régente. La longue agonie de Louis XIII semblait avoir d'avance usé le deuil et fini les regrets.

Seule, Isabelle de Belin songeait à lui. Dès qu'elle put s'échapper d'auprès de la Reine, elle se rendit à la chambre mortuaire. Ce qu'elle y vit la glaça jusqu'au fond du cœur.

Louis XIII mort était absolument abandonné (1). Quelques cierges, placés à la hâte, brûlaient près du lit royal ; personne ne veillait ; la chambre était déserte.

Isabelle tomba à genoux sur le seuil. C'était la première fois qu'elle se trouvait en présence de la mort. Elle pria et attendit que quelqu'un vînt veiller le corps du Roi. Par les fenêtres ouvertes entrait la brise de mai ; le crépuscule commençait, et les rossignols chantaient déjà. Un coup de vent éteignit plusieurs cierges. Isabelle se leva, les ralluma, et, rassemblant tout son courage, regarda le visage du Roi. L'auguste paix de la mort avait déjà effacé la trace des souffrances, et ces rides précoces, ces sillons marqués naguère sur son front avaient

(1) *Année sainte des religieuses de la Visitation.* 13e jour de janvier. *Vie de la sœur Marie-Alexis Le Roy.*

disparu. Il semblait être transformé en une statue de marbre prête à être posée dans la crypte de Saint-Denis. Il tenait le crucifix, ce sceptre que la mort met aux mains du chrétien, qu'il soit prince ou mendiant.— Mais de toute cette Cour, de tout ce royaume, Isabelle était seule à prier auprès du Roi. — Ses lèvres murmuraient le *De profundis*, tel que Louis XIII aurait voulu qu'elle le chantât, huit jours auparavant, mais les versets de l'Ecclésiaste revenaient sans cesse à sa mémoire. Il lui semblait les voir tracés sur le lit, sur l'estrade et les tentures de l'appartement royal.

Elle resta seule une heure, et cette heure passée auprès des restes du Roi qu'elle avait aimé comme un père, cet abandon, ce silence, ce témoignage suprême du néant des choses terrestres, en apprirent plus à la jeune fille qu'un demi-siècle passé dans le monde n'eût su le faire.

Peu de jours auparavant, la pieuse mère d'Isabelle avait écrit à son frère, chanoine de Cambrai, combien elle était inquiète de voir sa fille aînée si passionnée pour les plaisirs de la Cour et s'obstinant à refuser tout établissement. Le bon chanoine lui répondit, après avoir bien prié Dieu : « Ne soyez pas en peine de votre enfant, ma chère sœur, d'ici à peu de temps elle entrera en religion (1). »

Il ne se trompait pas. Le soir même de la mort de Louis XIII, mademoiselle de Belin pria la Reine de lui permettre d'aller passer dans un couvent les six semaines du grand deuil. Elle ne voulut pas rentrer dans le monde, et fit profession au second monastère de la Visitation l'année suivante, sous le nom de sœur Marie-Alexis (2).

Avant la fin du noviciat de mademoiselle de Belin, Charles Lebrun était parti pour Rome. L'éclat du jour efface bien vite les roses de l'aurore : revenu en France après six ans de séjour en Italie, Lebrun devint

(1) *Année sainte*, 1er volume, p. 319.
(2) *Année sainte*, 1er volume, p. 319.

le peintre favori de Louis XIV, et d'un pinceau fécond et brillant retraça les orgueilleuses splendeurs de son règne. Aux plafonds de Versailles plus d'une blonde déesse, plus d'une riante et gracieuse figure de nymphe couronnée de fleurs, rappelle encore la vision de la jeunesse du peintre; mais l'astre de ses rêves, l'Aurore cachée sous le voile, ne sut jamais qu'elle avait éclairé les premiers pas d'un grand artiste.

## VII

### MEMENTO QUIA PULVIS ES

La voiture d'un messager de Saint-Germain s'arrêta un matin devant la porte du second monastère de la Visitation, à Paris, rue du Faubourg-Saint-Jacques.

— Ma sœur, on apporte une caisse de la part de la Reine. Faut-il la mettre dans le tour? demanda la sœur portière.

— Certainement, répondit sœur Simplicienne, certainement, ma sœur, si elle y peut entrer. Que nous envoie notre bonne Reine? Ah! si c'était du sucre pour nos malades, que cela nous irait bien!

Sœur Simplicienne ouvrit la boîte, assez négligemment fermée, et dont l'adresse était à moitié effacée. Cette caisse ne contenait qu'un tableau, encadré richement, recouvert d'une glace brisée. Sœur Simplicienne, fort désappointée, alla rendre compte de l'aventure à la révérende mère supérieure.

— Sa Majesté nous fait un étrange cadeau, dit-elle. A quoi bon nous envoyer une image si mal emballée? Il faudra faire la dépense d'une vitre et, encore! ce n'est pas une image dévote : c'est une petite fille décoiffée, sans corps de jupe et qui tient un pigeon. Heureusement que le cadre est fort propre; on pourra y mettre autre chose...

— Allons voir cela, dit la bonne vieille supérieure.

Elle se rendit au parloir et, en examinant bien ce qui restait de l'adresse effacée, déchiffra le nom de Le Roy de Belin, et le mot : *novice*.

— Portez cela au noviciat, ma sœur, dit-elle. Notre petite sœur Marie-Alexis Le Roy saura ce qui en est...

La maîtresse des novices interrogea Isabelle en lui montrant le portrait. La jeune novice ne put le voir sans pleurer.

— Ah ! dit-elle. C'était moi ! — C'était le Roi ! — Que j'étais joyeuse en ce temps-là !

— Voirement, fit la religieuse, ce portrait vous rappelle fort les vanités du siècle, ma fille. Y tenez-vous beaucoup ?

— Je ne tiens qu'à servir Dieu, dit Isabelle.

— C'est ce que nous allons voir. Vous rappelez-vous ce que notre mère Marie-Félice de Montmorency fit du portrait de son défunt mari ?

— J'ai ouï dire qu'elle le brûla, ma mère, pour ne pas, en le regardant toujours, entretenir ses regrets, et afin de se soumettre entièrement à la volonté de Dieu. Mais notre mère de Chantal regretta qu'elle eût fait ce sacrifice ; — croyez bien, ma mère, que je ne tiens pas à mon portrait autant que madame de Montmorency tenait à celui de son mari ; — je suis prête à le brûler, si vous me l'ordonnez, mais... c'est l'œuvre d'un roi !

— Nous ne le brûlerons pas, nous allons seulement l'effacer un peu, dit sœur Hiéronyme. Elle prit un petit plumeau et le passa légèrement sur la peinture. Isabelle pâlit.

— Aimez-vous mieux l'effacer vous-même, ma sœur? dit la religieuse; voulez-vous offrir ce dernier sacrifice à Notre-Seigneur? Après vous être donnée vous-même, hésiterez-vous à donner votre image?

— Certes non, dit Isabelle, ce serait reculer, ce serait être lâche.

Elle se signa, et, d'une main ferme, continua l'œuvre de destruction.

La supérieure entrait.

— Jésus ! mes sœurs ! que faites-vous? s'écria-t-elle ; c'est une peinture du défunt Roi, un présent de notre bonne Reine à madame de Belin, à qui nous devions le faire passer. Madame la duchesse de Vendôme vient de venir tout exprès pour me conter l'histoire de ce portrait, et voilà que vous l'avez effacé! — Hélas! il n'en reste quasi rien! Qui pourra le refaire? — Si on l'envoyait à M. Mignard?

Le trait seul, dessiné à la plume, était encore visible sur le vélin. Tout le reste avait disparu, comme disparaissent la gloire, les joies et les beautés de ce monde fragile et périssable.

Sœur Hiéronyme fit sa coulpe au chapitre, et une sévère pénitence lui fut imposée, mais ses tardifs regrets ne pouvaient ressusciter le chef-d'œuvre anéanti. La poussière était retournée à la poussière, — et du pastel du roi Louis XIII ne restait plus qu'un vague et mélancolique souvenir.

JULIE-O. LAVERGNE.

5707. — Impr. de Ch. Noblet, 13, rue Cujas. — 1877.

www.ingramcontent.com/pod-product-compliance
Ingram Content Group UK Ltd.
Pitfield, Milton Keynes, MK11 3LW, UK
UKHW021012200726
13857UKWH00004B/1399

9 782013 358040